STAR WARS™

BLUTSBANDE

BOBA FETT IST TOT!

FSC
www.fsc.org
MIX
Paper from responsible sources
FSC® C016466

Impressum: Die deutsche Ausgabe von *STAR WARS* MASTER SERIES 17: *Blutsbande II – Boba Fett ist tot!* wird von der Panini Verlags GmbH herausgegeben, Rotebühlstr. 87, 70178
Geschäftsleitung: Hermann Paul, Head of Editorial: Jo Löffler (v.i.S.d.P.), Redakteur: Jürgen Zahn; Übersetzung: Michael Nagula; Head of Marketing: Holger Wiest (marketing@p
Lettering: Rowan Rüster; Grafik: Markus Janda; Produktion: Sanja Ancic; Printed in Italy; Anzeigen: BLAUFEUER VERLAGS-VERTRETUNGEN GmbH, info@blaufeuer.de. Es gilt die A
preisliste Nr. 14 vom 01.10.2016. PR & Presse: Steffen Volkmer;
Panini-Nachbestell-Service: Bezugsmöglichkeiten für ältere Ausgaben unter www.paninicomics.de.

YDSWPC017

ISBN: 978-3-7416-0271-9
1. Auflage, März 2017

Auch als E-Comic erhältlich:
ISBN 978-3-7367-2516-4 (PDF)
ISBN 978-3-7367-2514-0 (EPUB)
ISBN 978-3-7367-2515-7 (MOBI)

Findet uns im Netz:
www.paninicomics.de

Text:
TOM TAYLER

Zeichnungen/ Farben:
CHIRS SCALF

Redakteur:
JÜRGEN ZAHN

Chefredakteur:
JO LÖFFLER

Übersetzer:
MICHAEL NAGULA

Grafik:
MARKUS JANDA

Lettering:
ROWAN RÜSTER

TRAUER UM BOBA FETT?!

Weit gefehlt! Denn der Tod des berüchtigten Kopfgeldjägers wird von den meisten Lebewesen in der Galaxis freudig begrüßt. Der gnadenlose Auftragskiller hatte nun mal keine Freunde … außer vielleicht Connor Freeman, der Fett gut leiden konnte und irgendwie auch nicht glauben will, dass er wirklich tot ist.

Deshalb versucht Freeman die Wahrheit herauszufinden, was ihm aber viel mehr Ärger einbringt als er jemals vermutet hätte.

„BOBA FETT IST TOT."
STAR WARS
BLUTSBANDE
BOBA FETT IST TOT

SIR, WIE VON IHNEN GEWÜNSCHT, WURDEN HOLOCAMS EINGESETZT. DIE GESAMTE GALAXIS SIEHT DIESELBEN BILDER WIE WIR.
BIST DU SICHER?
„SO GUT BOBA FETT AUCH WAR, DAS TEAM, DAS WIR ZUSAMMENGESTELLT HATTEN, WAR BESSER."
„WENN ER NICHT EINEN SCHWEREN FALL VON ‚WO SEIN KOPF SEIN SOLLTE, IST JETZT EIN LOCH' ÜBERLEBEN KANN, VERSICHERE ICH IHNEN ..."
... BOBA FETT IST TOT.

... WIEDERHOLE ... DER BERÜCHTIGTE KOPFGELDJÄGER **BOBA FETT** WURDE **GETÖTET**.
CONNOR? ALLES OKAY?
Hm ... SICHER.
ER WAR EIN ***KILLER***.
JA, ABER HÄTTE ER MIR NICHT GEHOLFEN, DANN WÜRDE MIR DIESE BAR JETZT NICHT GEHÖREN. UND ERSCHWEREND KOMMT HINZU, DASS ER MIR *DAS LEBEN GERETTET* HAT.
SO ETWAS ***WIDERFÄHRT*** MÄNNERN WIE BOBA FETT.
HAST DU GEGLAUBT, ER WIRD WEIT ÜBER NEUNZIG UND VERBRINGT SEINE ALTEN TAGE IN PLÜSCH-PANTOFFELN AUF EINEM LUXUSSCHIFF?
KEINE AHNUNG, QUINNY ...
MÄNNER WIE FETT WERDEN ERSCHOSSEN ODER FLIEGEN IN DIE LUFT. SIE KOMMEN NICHT DAZU, PLÜSCH-PANTOFFELN ZU TRAGEN.

ES SIND SOLDATEN. ALLESAMT. UND NICHT NUR IMPERIALE. DAS IST EIN RODIANISCHER SOLDAT, DAS DA EIN HAUPTMANN DER ZABRAK-ARMEE – GLEICH NEBEN DIESEM STURMTRUPPLER.
WER AUCH IMMER DAS EINGEFÄDELT HAT, WAR ZIEMLICH EINFLUSSREICH. IMPERIALE SOLDATEN SIND KEINE LAUFBURSCHEN.
JEMAND MIT SEHR VIEL EINFLUSS HAT BOBA FETT GENUG GEHASST, UM EINE MENGE IN SEINEN TOD ZU INVESTIEREN.
EIN TOAST ...
... AUF BOBA FETT!

Hnnn.
DER NÄCHSTE DRINK GEHT AUFS HAUS.
AUF BOBA FETT!
ICH MUSS HIER RAUS, QUINNY.
DU MACHST DOCH KEINE DUMMHEITEN, ODER?
ICH FRAGE JA NUR, WEIL DU NICHT GERADE DAFÜR BEKANNT BIST, WOHLÜBERLEGT UND BESONNEN ZU REAGIEREN, WENN ... NA JA, EIGENTLICH IMMER ...
ICH MUSS HIER RAUS.

DREI WOCHEN SPÄTER. DIE ZABRAK-HEIMAT-WELT IRIDONIA.
AUS DEM WEG, BÜRGER.
WAS IST LOS MIT DIR? HAST DU CAPTAIN SIBAR NICHT GEHÖRT?
DU SOLLST AUS DEM ...

HURGH!
BDOW!
DOW!
DU ...
KZ-ZANG!
NAAAGHHH!
STILL. HÖR AUF ZU SCHREIEN.
DAS ATTENTAT AUF FETT. WER STECKT DAHINTER?

WAS SOLL DAS?
WARST DU EIN FREUND VON FETT?
HA! NEIN. BOBA FETT HATTE KEINE FREUNDE.
DU HÄLTST MICH HIN.
DU WEISST NICHT, WER ES WAR.
ICH ...
LETZTE CHANCE, MIR NÜTZLICH ZU SEIN. WER HAT DICH IN DIE MÖRDERTRUPPE GEBRACHT?
ALSO GUT ...
ES WAR EIN STURMTRUPPEN-COMMANDER, STATIONIERT AUF SATHIEMON – WO WIR FETT GETÖTET HABEN.

HAST DU ÜBERHAUPT EINE AHNUNG, WER ICH BIN?
HNG.
THUD
DU BIST EIN NIEMAND.
JETZT KANNST DU SCHREIEN.
AAAAAAAAAAAGGH!

WAS GIBT'S, TEYCHENNE?
SIR. CAPTAIN SIBAR WURDE HEUTE MORGEN TOT AUFGEFUNDEN, UNTER EINER HIMMELSBRÜCKE AUF IRIDONIA.
EIN UNFALL?
AM SELBEN ORT SIND ZWEI ZABRAK-SOLDATEN ERSCHOSSEN WORDEN. DAS WÄRE EIN SEHR **GROSSER ZUFALL**.
GLAUBST DU, ES HAT MIT FETT ZU TUN?
NEIN. DAS GLAUBE ICH NICHT. WER SOLLTE IHN SO GEMOCHT HABEN, DASS ER AUF DIESE ART VERGELTUNG ÜBT?
DOCH ALS IHRE MEISTERSPIONIN WÄRE ICH OHNE EIN GEWISSES MASS AN VERFOLGUNGSWAHN NICHT DA, WO ICH JETZT BIN.
ICH SCHICKE MEINE EIGENEN LEUTE LOS, UM DEN TODESFALL ZU UNTERSUCHEN. DIESER SACHE GEHE ICH SORGFÄLTIG AUF DEN GRUND.
WENN DAS AUF MICH ZURÜCKFÄLLT ...
WIRD ES NICHT, SIR.

SATHIEMON.
HALLO UND WILLKOMMEN AUF SATHIEMON. WENN SIE WEITE EBENEN LIEBEN, AUF DENEN NICHTS IST, WERDEN SIE SATHIEMON LIEBEN!
IDENTI-TABS BITTE.
SEIT DAS IMPERIUM DIE KONTROLLE ÜBER DIESEN PLANETEN ÜBERNOMMEN HAT, SETZT **NIEMAND** MEHR SEINEN FUSS AUF SATHIEMON, OHNE SEINE IDENTI-TABS ABZUGEBEN.
NA, WAR DAS SO SCHWER?
DANKE, **CONNOR FREEMAN**. GENIESSEN SIE IHREN AUFENTHALT.

KOMMANDANT, WIR HABEN UNSERE PATROUILLE BEENDET.
KEHRT ZU DEN BARACKEN ZURÜCK. ICH REITE DIE STRECKE EIN LETZTES MAL AB. MAL SEHEN, OB ICH NICHT NOCH EIN PAAR EINGEBORENE ABKNALLEN KANN.
VIEL GLÜCK BEI DER JAGD, KOMMANDANT.
RRRRRRRR!
SCHLUSS MIT DEM LÄRM, DU BESTIE!
THWAK!

ROOOOOO
HALT DIE KLAPPE!
WHAK!
THK!
WER ZUM ...?
YAAH!

NNNGH ...
Hääh ...?
RRRRRRRRR
AGHHHHHH!
WAS ZUM ...?
FRAG NICHT, WER ICH BIN. FRAG NICHT, WARUM ICH DAS TUE. BEANTWORTE NUR MEINE FRAGEN.
DENK DARAN, WIE OFT DU DIESE KREATUR **GESCHLAGEN** HAST.
BEANTWORTE MEINE FRAGEN RASCH UND WAHRHEITSGEMÄSS, SONST ... LASSE ICH DIE ZÜGEL LOS.
RRRRRRR

DU WARST TEIL DER TRUPPE, DIE FETT GETÖTET HAT. WER HAT DEN MORD BEFOHLEN?
ICH HABE IHN NICHT GETÖTET. ICH HABE JA NICHT MAL AUF IHN GESCHOSSEN ...
KEINE AHNUNG, ICH SCHWÖR'S! DA GAB'S EINEN KOMMANDANT NAMENS MAC EWES BEI DEN STURMTRUPPEN, DER DIE OPERATION GELEITET HAT ...
... ABER ICH WEISS NICHT, WER IHM DEN AUFTRAG GEGEBEN HAT. DAS HAT MIR NIE JEMAND GESAGT.
WAS MACHST DU DA?
DU KANNST MICH NICHT EINFACH HIER LASSEN. ICH HABE NICHT MAL AUF FETT GESCHOSSEN! ES GIBT KEINEN GRUND FÜR RACHE!
ICH GLAUBE, DAS SIEHT DEIN DEWBACK HIER ANDERS.

Ah, CONNOR FREE-MAN. ICH FÜRCH-TE, ICH MUSS IHREN RUCK-SACK DURCH-SUCHEN.
SATHIEMON HAT NICHT GERADE VIELE ROHSTOFFE, DAHER GIBT ES AUCH NICHT VIEL, DAS AUS-GEFÜHRT WERDEN DARF.
CONNOR FREEMAN!
DU WILLST NICHT WISSEN, WAS IN MEINEM RUCKSACK IST.
DU WILLST KEINEN ÄR-GER BEKOM-MEN.
DANKE, DASS SIE SATHIEMON BESUCHT HABEN.

SIR, DER KOMMANDANT DER STURMTRUPPEN IST TOT. ER WURDE VON SEINEM EIGENEN DEWBACK GETÖTET.
JEMAND KNÖPFT SICH FETTS MÖRDER VOR.
JA. ABER DIESER JEMAND WAR AUF SATHIEMON NACHLÄSSIG. ER HAT SEINE IDENTI-TABS VORGEZEIGT. ICH WEISS, WER ER IST. ICH MUSS NUR HANDELN, BEVOR DAS HOLONETZ DIE NACHRICHT VERBREITET.
FINDE IHN, TEYCHENNE. TÖTE IHN. ALS ICH GESAGT HABE, DASS FETT STERBEN MUSS, HABE ICH ALLES GEMEINT, WAS ZU IHM GEHÖRT. ICH WILL, DASS BOBA FETT SPURLOS AUS DER GALAXIS VERSCHWINDET ...
... AUCH WER NUR IM GERINGSTEN FREUNDLICH ZU IHM WAR ...
beeeee-.
DOW!
SIE WISSEN, WAS ICH HERAUSGEFUNDEN HABE?
JA.
DAS KIND?
ICH WILL, DASS FETT VOLLSTÄNDIG AUSGELÖSCHT WIRD.
DAS BEDEUTET, DASS AUCH SIE STIRBT.
BDOW!

ATZERRI. DIE FREEMAN-BAR.
... DIESER JÜNGSTE TODES-FALL MACHT DEUT-LICH, DASS JEMAND VERGELTUNG ...
... FÜR DIE ER-MORDUNG DES BE-RÜCHTIGTEN KOPF-GELDJÄGERS BOBA FETT VOR EINIGEN WOCHEN ÜBT.
UND AUF SATHIEMON KONNTEN DIE BEHÖRDEN JETZT EINEN VERDÄCHTI-GEN ERMITTELN ...
... DEN BESITZER DER ATZERRI-BAR ...
... CONNOR FREEMAN.

HABE ICH DIR NICHT GESAGT, DU SOLLST KEINE DUMMHEITEN MACHEN! DU ...
CONNOR FREEMAN.
ICH WEISS, WIE ES *AUSSIEHT*, ABER ...
Hey!
ATZERRI HAT SEINE EIGENE GERICHTSBARKEIT. DU KANNST IHN NICHT EINFACH *MITNEHMEN*.
ZU SPÄT.
Häh?

„SIE SIND SCHON HIER."

LAUF!

VOOOOOOSH!

KOOOOM!

NAAAGGHHHHHH!
VOOSH!

DIE VITAL-ZEICHEN SIND GUT.
WANN WIRD ER DAS BEWUSST-SEIN ZURÜCKER-LANGEN?
WOHER SOLL *ICH* DAS WISSEN? NORMALER-WEISE STELLE ICH MEINE PATIENTEN NICHT RUHIG.
ICH HABE DAS GANZE SEDATIVUM GE-NOMMEN, DAS ICH HATTE ... ABER ICH HABE DAS ZEUG IN EINER SEITENGASSE AUF NAR SHADDAA GEKAUFT. ICH BIN MIR NICHT EINMAL SICHER, OB ES ÜBERHAUPT EIN SEDATIVUM *IST*.
EINS STEHT FEST. WENN ER ZU SICH KOMMT, WIRD ER ZIEMLICH SCHO-CKIERT SEIN.
MIT DEM, WAS ICH HAT-TE, HABE ICH GETAN, WAS ICH KONNTE ...
KANN ICH MIR VOR-STELLEN, DOK-TOR EVAZAN.

... ABER MAN KANN EINEN ARM NUR DANN WIEDER ANBRINGEN, WENN MAN IHN FINDET.
MMMMRRR!

MRRRRR!
WENN ER SO WEITERMACHT, VERLIERT ER DEN NEUEN ARM NOCH. ODER ER ERTRINKT VIELLEICHT.
UND EINEN ERTRUNKENEN ZURÜCKZUHOLEN KOSTET EXTRA.
MRRR!
SPLOOSH!

HUUUUR!
DU SOLLTEST DICH RUHIG VERHAL-TEN. DIE PROTHE-SE IST ...
NAAAGHHH!
WO SIND WIR?
WO IST QUINNY?
GANZ RUHIG!
WILLST DU DEINEN ARM GLEICH ZWEI MAL IN EINER WOCHE VERLIEREN?
DOKTOR EVAZAN IST NICHT GERADE FÜR SEIN BEHUTSAMES VORGEHEN BE-KANNT.
UND WENN ICH WIEDER OPERIEREN MUSS, WERDEN SIE NICHT DEN VORTEIL HABEN, BEWUSSTLOS ZU SEIN.

WER BIST DU?
NICHT HIER.
KOMM.
ALSO?
WAR KLAR, DASS DU MIR ETWAS ÄHNLICH SIEHST.

UND VERMUTLICH HAST DU MIR AUCH DIE IDENTI-TABS GESTOHLEN.
ABER SAG MAL, WIE BIST DU DIESES RIESIGE BLASTERLOCH IN DEINEM KOPF WIEDER LOSGE-WORDEN, FETT?
DU WIRKST NICHT ÜBERRASCHT.
ICH BIN GERADE IN EINEM BACTA-TANK AUFGEWACHT UND HABE EINEN METALL-KLUMPEN DORT, WO MEIN ARM WAR, WEIL MICH EIN TIEF FLIEGENDES KRIEGS-SCHIFF ZUSAMMENGE-SCHOSSEN HAT.
DA KANN MICH WIRKLICH NICHTS MEHR ÜBERRA-SCHEN.
UND WARUM BIST DU NICHT TOT? DIESE KOPFGELDJÄGER HABEN GESAGT, DU WÄRST ES.
EIN SOLCHER TRUPP, DER EINEN QUER DURCH DIE GALAXIS VERFOLGT, BLEIBT NICHT UNBEMERKT. ICH WUSSTE, DASS SIE HINTER MIR HER SIND.

„ICH HABE GERADE JEMANDEN AUF SATHIEMON GEJAGT ...“
Hnn.
SCRRRR
ZA-DOW!!
DUMME IDEE, BENDÁK.
ICH HAB MICH IN DEM SPRICHWÖRTLICHEN LOCH VERKROCHEN! WIE ZUM HENKER HAST DU MICH GEFUNDEN?
DIE EINGEBORENEN MÖGEN ES NICHT, WENN MAN IHRE HÖHLEN BENUTZT.
DU HAST HIER LEIDER KEINE FREUNDE.

CHOOM!
NARGHH!
SCHNAPP IHN DIR.
HA!
SIEHT SO AUS, ALS HÄTTE ICH DOCH FREUNDE.
DAS SIND NICHT DEINE FREUNDE.

DOW!
UHN!
DOW!
THUD
BOBA FETT. ES IST VORBEI.
ERGIB DICH OHNE WIDERSTAND.
UND WAS DANN?
DANN WERDEN WIR DICH ORDENTLICH HINRICHTEN.
ANDERNFALLS RÖSTEN WIR DICH IN DIESEM LOCH.

LETZTE WARNUNG. DA DRIN WIRD'S BALD SEHR VIEL HEISSER WERDEN, FETT.
DIE ZEIT IST UM.
GRILL IHN.
BDOW!
FWWHOOOM

SHWOOOOOOM!
BDOW!!
BDEW!
!
THOOM!
KAK!
ZAT!
KAK!
ZGGT!

„WIE PRAKTISCH ..."
... FÜR DICH.
WAS IST „PRAKTISCH"?
WIE ES DER ZUFALL WILL, HAST DU GENAU IN DEM MOMENT, ALS EIN KILLERTRUPP HINTER DIR HER WAR, JAGD AUF JEMANDEN GEMACHT, DER DIR EIN BISSCHEN ÄHNLICH SIEHT.
NEIN.
NEIN. DU HAST EINEN ANDEREN AN DEINER STELLE STERBEN LASSEN. UND NACHDEM DU DEINE IDENTITÄT VERLOREN HATTEST, HAST DU BESCHLOSSEN, MEINE ANZUNEHMEN.
WAS MICH MEINEN ARM UND BEINAHE AUCH MEIN LEBEN GEKOSTET HAT. MEINE BAR UND MEINE FREUNDE HAT ES MICH GEKOSTET.
ICH WARNE DICH EIN LETZTES MAL. SO DARF NIEMAND MIT MIR SPRECHEN, DER AM LEBEN BLEIBEN WILL.

DEIN FREUND IST NICHT TOT.
WAS?
ICH HABE QUINNY VOR DEN FLAMMEN GERETTET. ER WAR ETWAS ANGE-SENGT, ABER AM LEBEN, ALS WIR UNS AUF ATZERRI GETRENNT HABEN.
ICH SOLL DIR AUSRICHTEN, DASS ES NUR EIN ARM IST.
Ach ja? DER HAT GUT REDEN. ER HAT VIER DAVON!
DANKE ... FÜR DAS MIT QUINNY.
ALS ICH DEINE IDENTI-TABS BENUTZT HABE, HATTE ICH NICHT VOR, DICH IN DIESE SACHE HINEINZU-ZIEHEN.
ABER JETZT BIST DU TOT.
VERSTEHST DU MICH? SOLANGE ICH DIE PERSON, DIE GLAUBT, MICH GETÖTET ZU HABEN, NICHT GEFUNDEN HABE, BLEIBST DU AUCH TOT.
ICH VERSTEHE. ALSO ... WOHIN GEHT'S JETZT?
DORTHIN, WO EIN TOTER SICH SICHER BEWEGEN KANN, OHNE AUF-MERKSAMKEIT ZU ERREGEN ...
... IN DEN MANDA-LORIANISCHEN LUFTRAUM.

DER MITTLERE RAND.
CONCORD DAWN.
DU MUSST HIER ETWAS FÜR MICH ER-LEDIGEN.

ES GIBT HIER EINEN KOPFGELDJÄGER NAMENS SINTAS VEL. ICH WILL, DASS VEL BESCHÜTZT WIRD.
WENN DER PLANET SO SICHER IST, WARUM SOLLTE DIESER KOPFGELDJÄ-GER DANN SCHUTZ BENÖTIGEN?

WAHR-SCHEINLICH BENÖTIGT VEL KEINEN SCHUTZ. ABER DANN HAST DU ETWAS ZU TUN, BIS ICH WIEDER DA BIN.
DU LÄSST MICH HIER ZURÜCK? WOHIN WILLST DU?

NACH BLACKFEL. DA SIND DIE EINHEITEN DER STURMTRUPPLER STATIONIERT.
BLACKFEL? DER GANZE MOND IST EINE EINZIGE AUSBILDUNGSSTÄTTE DES IMPERIUMS!
WILLST DU VERSUCHEN, AN EINER GANZEN LEGION DES IMPERIUMS VORBEIZUKOMMEN, DAMIT DU DICH IHREN **AM BESTEN AUSGEBILDETEN KILLERN** STELLEN KANNST?
IN DEN TASCHEN SIND KLEIDUNG, BLASTER UND GENUG CREDITS FÜR EIN JAHR.
EIN ***JAHR!*** ICH WARTE HIER DOCH NICHT EIN GANZES ...
WENN DU DEIN LEBEN ZURÜCKHABEN WILLST, WIRST DU DICH BEDECKT HALTEN UND WARTEN MÜSSEN, BIS ICH ZURÜCK BIN.
SAG NIEMANDEM, DASS ICH NOCH LEBE, **BESONDERS** NICHT SINTAS VEL.
ICH WERDE VEL FINDEN ...
... GLEICH NACHDEM ICH EINE BAR GEFUNDEN HABE.

Hey!
DU KANNST HIER NICHT SCHLAFEN!
ICH KANN ÜBERALL SCHLAFEN. DAS IST EINE GABE.
ICH SUCHE JEMANDEN NAMENS SINTAS VEL. ICH BIN EIN FREUND.
SINTAS VEL IST EIN KOPFGELDJÄGER, UND KOPFGELDJÄGER HABEN KEINE FREUNDE.
OKAY ... ICH BIN EIN FREUND VON SINTAS VEL, DER DEMJENIGEN ZWANZIG CREDITS GIBT, DER MIR SAGT, WO ICH IHN FINDEN KANN.
ICH BIN ZIEMLICH SICHER, DASS SINTAS VEL ***GROSSZÜGIGERE FREUNDE*** HAT ...
SCHON BESSER. JETZT ERZÄHLE ICH DIR WAS ÜBER DEINEN „***GUTEN FREUND***".

BLACKFEL.
UNIDENTI-FIZIERTES OBJEKT, SIE DRINGEN IN DEN IMPERIALEN RAUM EIN. SENDEN SIE DEN GENEHMIGUNGS-CODE UND BEREITEN SIE SICH DARAUF VOR, DASS EIN UNTERSUCHUNGSTRUPP AN BORD KOMMT.
Hmm.
CHOOM!

UNIDENTIFIZIERTES OBJEKT, ICH WIEDERHOLE. NENNEN SIE IHR ANLIEGEN UND SENDEN SIE DEN GENEHMIGUNGSCODE.
WENN SIE WEITER SCHWEIGEN, WERDEN WIR SIE VOM HIMMEL PUSTEN.
CHOOM! CHOOM!
HIER SPRICHT DAS SHUTTLE FALLON. WIR BITTEN UM DIE ERLAUBNIS, AUF BLACKFEL NOTLANDEN ZU DÜRFEN. DAS SCHIFF IST PRAKTISCH AM ENDE. ES WAR EIN **HINTERHALT DER REBELLEN**!
VERSTANDEN. VERLANGSAME SIE DEN SINKFLUG UND STEL ERN SIE ANDOCK BUCHT 12 AN.
SOLDAT, SIE KOMMEN ZU SCHNELL REIN. VERLANGSAMEN SIE DEN SINKFLUG.
ES GEHT NICHT! ICH ...
CHOOM!

BOOM!
SOLDAT!
VERD ...!
SCHIESS DIESES SCHIFF AB!
SCHIESS ...

KRAAAA-KOOOM!
FOOSH

INZWISCHEN AUF CONCORD DAWN ...
KNOK-KNOK!

JA?
Hm ... HALLO. ICH SUCHE NACH EINEM SINTAS VEL.
JA.
DU BIST SINTAS VEL?
JA.
DER KOPFGELD-JÄGER?
JA.
DU JAGST GEFÄHRLICHE KRIMINELLE UND BRINGST SIE ZUR STRECKE?
SIE HABE ICH DOCH AUCH GERADE AUFGE-SPÜRT, ODER?
WAS ...?
CLIK

ICH HÖRE, DU SUCHST NACH MIR, CYBORG.

BLACKFEL, EIN IMPERIALER AUSBILDUNGSMOND.
LOS! LOS!
LÖSCHT DAS FEUER!
DU.

LORD VADER!
WAS IST HIER GE-SCHEHEN?

EIN SCHWER BESCHÄDIGTES SCHIFF HAT VERSUCHT IN EINEM HANGAR ZU LANDEN. ES HAT DEN TOWER DER FLUGKONTROLLE ERWISCHT.
WENN ES SO SCHWER BESCHÄDIGT WAR, WARUM WURDE IHM DANN GESTATTET, EINEN LANDEVERSUCH ZU UNTERNEHMEN?
WARUM WURDE ES NICHT IN EINE SICHERE GEGEND **UMGELEITET**?
ICH ... ICH WEISS NICHT, LORD VADER.
WER HAT DAS ZU VERANTWORTEN? BRING MICH ZU IHM.
ÄH ... DER OFFIZIER, DER DIE LANDUNG AUTORISIERT HAT, WAR **IM** KONTROLLTURM ...
EIN GERECHTER LOHN FÜR SEINE UNFÄHIGKEIT.
GEH DEINER PFLICHT NACH, SOLDAT.
JA, LORD VADER.

CONCORD DAWN. SINTAS VELS ZUHAUSE.
DANN ... BEGRÜSSEN SIE ALSO JEDEN SO, DER SICH IHREM ZUHAUSE NÄHERT?
JA.
WARUM SUCHST DU NACH MIR, CYBORG?
Ähm ...
EIGENTLICH ... IST DAS SCHWER ZU ERKLÄREN, ABER ICH VERSICHERE IHNEN, ICH HABE NICHT VOR, IHNEN SCHADEN ZUZUFÜGEN.
KOOM!
ZEIT ZU STERBEN, SINTAS FEL!

JA ... ICH WEISS, DAS SIEHT ÜBEL AUS. ABER SIE GEHÖREN NICHT ZU MIR.
MA!
BLEIB UNTEN, AILYN!
GEHEN SIE! BESCHÜTZEN SIE IHRE TOCHTER. ICH WERDE SIE AUFHALTEN.
KSHHH!
MEINE TOCHTER BESCHÜTZEN?

FZZZZT!
IONEN-
GESCHÜTZ!

AIIEEE!
AAAH!
UFF!

MEINE TOCHTER **MUSS NICHT** BESCHÜTZT WERDEN.
MACHEN WIR SIE FERTIG, BEVOR SIE IHREN MUMM WIEDERFINDEN.
DOW!
DOW!
DOW!

BDOW!
DOW!
BDEW!
AAARGH!
KZT-ZOW!
THOOM! THOOM!

LASS DEN BLASTER LOS.
HI.
DU SOLLTEST WISSEN, DASS DEINE GESAMTE KILLER-TRUPPE VON EINEM KLEINEN MÄDCHEN AUSGELÖSCHT WURDE.
ALSO, WER HAT EUCH GESCHICKT?
KOPFGELD-JÄGER-ABSCHAUM! LIEBER STERBE ICH, BEVOR ICH DIR IRGEND-ETWAS ...
OKAY.
ALSO, GEHEIM-NISVOLLER. HAST DU AUCH EINEN NAMEN?
ICH HEISSE ... Q-QUINNY.
„Q-QUINNY"? DU HAST EINE WITZIGE PAUSE IN DEINEM NAMEN.
NEIN.
Aha, HAB ICH'S MIR DOCH GEDACHT.
WIR KÖNNEN HIER NICHT BLEIBEN. DIE DEVARONIANER, DIE ENTKOMMEN SIND, HABEN VIELLEICHT DEIN GESICHT GESEHEN. IM DORF HABE ICH EINEN UNTER-SCHLUPF. KOMM MIT.

VERSETZ IHM NOCH EINS, SOLDAT!
DEIN GEGNER DARF SEIN GLEICHGEWICHT NICHT WIEDERFINDEN. LASS IHM KEINE ZEIT ZU HANDELN.
UNF!
CAPTAIN EWEVS?
ES GAB EINE EXPLOSION, CAPTAIN. LORD VADER HAT MICH GEBETEN, SIE ZU HOLEN ...
WIRKLICH, SOLDAT? WENN ICH GEBRAUCHT WERDE, WARUM SOLLTE VADER SICH DANN DIE ZEIT NEHMEN, JEMANDEN NACH MIR ZU SCHICKEN? WARUM TRITT ER NICHT PER KOMLINK MIT MIR IN VERBINDUNG?
VIELLEICHT EIN ZEICHEN SEINES RESPEKTS?
RESPEKT? VIELLEICHT HÄTTEST DU MIR MEHR RESPEKT ERWEISEN UND DIR EINE BESSERE LÜGE AUSDENKEN SOLLEN.
ICH HABE DEN SOLDATEN, DER DIESE RÜSTUNG TRUG, GEKANNT. ICH WEISS, DASS ER NICHT MEHR LEBT.

KEINE AHNUNG, WER DU BIST, ABER GANZ ALLEIN HIER HEREINZU-SPAZIEREN ...
... UND SICH EINER ELITETRUPPE DER IMPERIALEN ARMEE ZU STELLEN, IST EINE DER GRÖSSTEN DUMMHEITEN, DIE ICH JE ERLEBT HABE.
SIEHT SO AUS, ALS HÄTTEN WIR HEUTE EIN LEBENDIGES ZIEL FÜR UNSER TRAINING, MÄNNER.
ANGRIFFS-FORMATION SIEBEN.
„ANGRIFFS-FORMATION SIEBEN?"
SIE HABEN EINE FORMATION, DIE BESAGT, „STELLT EUCH VOR DIE GRANATEN"?
WA...?
DOW!

THOOOM!
EWEVS. ICH BRAUCHE INFORMATIONEN VON IHNEN.
HNNNNG.
DU HAST KEINE ZEIT, MICH ZUM SPRECHEN ZU BRINGEN ...
... BEI EXPLOSIONEN KOMMEN IMMER SCHNELL LEUTE ANGERANNT.
DAS GEHÖRT ZU MEINEM PLAN.
THWAK!

IM NÄCHSTEN MOMENT …
BRINGT DIESE MÄNNER AUF DIE KRANKENSTATION.
SORRY, JUNGS.
KOMPLETTE ABRIEGELUNG. WIR HABEN EINEN EINDRINGLING AUF BLACKFEL.
MIST!
KOMPLETTE ABRIEGELUNG. ALLE EINHEITEN ZURÜCK IN DIE BARACKEN. SCHLIESST ALLE SCHLEUSEN DER ANDOCKBUCHTEN.

Hey! HABT IHR NICHT GEHÖRT? WIR HABEN EINE ABRIEGELUNG!
UNF!
DU KOMMST VON DIESEM MOND NICHT WEG.
DIE FLUG-KONTROLLE WIRD DIR NIE EINE STARTERLAUBNIS ERTEILEN.
„DAFÜR HABE ICH BEREITS GESORGT."

IHR ZWEI GEHT WEITER. ICH WILL DIE VERTEIDIGUNGSANLAGEN ÜBERPRÜFEN UND SICHERGEHEN, DASS WIR NICHT VERFOLGT WERDEN.
AILYN, DU GEHST SOFORT INS BETT.
MEINE MA SAGT, SIE HABEN EINE WITZIGE PAUSE IN IHREM NAMEN.
HABE ICH NICHT.
HAB ICH MIR GEDACHT. WOLLEN SIE WAS ESSEN?
DU SOLLST DOCH **SOFORT** INS **BETT**.
NA UND? SIE SIND NICHT MEIN DAD. DER IST **TOT**.
TUT MIR LEID. MEINEN DAD HABE ICH AUCH VERLOREN, ALS ICH GANZ KLEIN WAR.
DURCH WEN?
ER ... NUN JA, ES GIBT **SCHÖNERE** GUTENACHTGESCHICHTEN.
KOMMEN BLASTER UND MONSTER DRIN VOR? ICH LIEBE MONSTER.
OB MONSTER DRIN VORKOMMEN? ALSO, JA, **ICH** FINDE SCHON, DASS EIN MONSTER DRIN VORKOMMT ...

„... EIN MONSTER, DAS MEINEN VATER GETÖTET HAT."
„ABER DANN HAT SICH DAS MONSTER HEIMLICH UM MICH GEKÜMMERT."
„UND DANACH HAT MIR SEIN SOHN, DEN ICH EBENFALLS FÜR EIN MONSTER GEHALTEN HATTE ..."
KANG!
„... DAS LEBEN GERETTET."
„ZWEI MAL."

DIE MONSTER IN IHREN GESCHICHTEN SIND ABER KOMPLIZIERT.
IN MEINEN GESCHICHTEN FRESSEN DIE MONSTER DIE LEUTE EINFACH AUF.
JA. DAS IST ZIEMLICH UNKOMPLIZIERT.
SIE SIND DARIN NICHT SEHR GUT.
SORRY.
WIE WÄR'S, WENN ICH *IHNEN* EINE GESCHICHTE ERZÄHLE?
OKAY.
GUT. VOR LANGER ZEIT GAB ES EINMAL EINEN BÖSEN RANCOR.
ICH HABE MAL GEGEN EINEN GEKÄMPFT.
SCHÖN FÜR SIE. ABER WIR UNTERBRECHEN UNSERE GESCHICHTEN NICHT.

HALLO?
HALLO!
IST DA JE...
DU?
ABER WIR HABEN DICH GETÖTET!
JA. IHR HABT MICH GETÖTET.
UND DAS HAT MICH SEHR, SEHR WÜTEND GEMACHT.
ICH SAMMLE DIE ZÄHNE VON MONSTERN, EWEVS. DIES IST DER ZAHN EINES BALYEG. ETWAS GIFT VON DER BESTIE KLEBT NOCH AN IHM. SIE WISSEN, WELCHEN TODESKAMPF DIESES GIFT VERURSACHT?
JA.
SAGEN SIE MIR, WAS ICH WISSEN WILL.

Hey, AUFWACHEN.
TUT MIR LEID, BEI MIR WIRKEN GUTENACHT-GESCHICHTEN IMMER.
ICH SOLLTE MICH WOHL BEI IHNEN BEDANKEN. WENN SIE NICHT RECHTZEITIG EINGETROFFEN WÄREN ...
AILYN UND SIE HÄTTEN DIESE TYPEN SICHER AUCH SO FERTIG GEMACHT.
NUN JA. ABER ICH WEISS IHRE HILFE ZU SCHÄTZEN.
SIE ERINNERN MICH AN ... JEMANDEN.
JEMAND GUTEN?
DAS WERTE ICH MAL ALS JA.
Pscht.

SIE HABEN MIR ERZÄHLT, DAS IMPERIUM DÜRFE NICHT DEN ANSCHEIN ERWECKEN, GEGEN KOPFGELDJÄGER ZU SEIN. ES WÄRE NÖTIG, DASS ANDERE INTELLIGENTE WESEN MIT VON DER PARTIE SIND, DAHER DER RODIANER UND DER ZABRAK-CAPTAIN ... DER AUSSERDEM EIN HOCH DEKORIERTER SOLDAT IST.
ER **WAR** EIN HOCH DEKORIERTER SOLDAT.
WER HAT IHNEN DAS ERZÄHLT? WER HAT DAS ARRANGIERT?
ER WÄRE HEUTE DREISSIG GEWORDEN, TEYCHENNE.
GOUVERNEUR ...
EINE FRAU NAMENS **TEYCHENNE**. SIE IST DIE MEISTERSPIONIN VON GOUVERNEUR PURTON.
PURTON? WOHER KENNE ICH DIESEN NAMEN ...?
Mmmm ...
ICH HATTE SCHON VERMUTET, DASS DU IHN KENNST, FETT, NACHDEM ER SO VIEL AUF SICH GENOMMEN HAT, UM DICH TÖTEN ZU LASSEN.
ER IST DER GOUVERNEUR VON **CONCORD DAWN**.

DER ANGRIFF DER DEVARONIANER WAR ERFOLGREICH, GOUVERNEUR ...
„... SINTAS VEL WURDE MIT IHRER TOCHTER IN EINEN GEHEIMEN UNTERSCHLUPF ZURÜCKGETRIEBEN. SIE SITZT IN DER FALLE, OHNE SICH DESSEN BEWUSST ZU SEIN. DER ANGRIFF WIRD ERFOLGEN, SOBALD IHR DEN BEFEHL GEBT, SIR."
ICH SCHLIESSE MICH AN. ICH WILL SICHERGEHEN, DASS ES NICHT ZU VERGELTUNGSMASSNAHMEN KOMMT. UND ICH WILL DORT SEIN, WENN SIE GETÖTET WERDEN.
SEID IHR SICHER, SIR? ICH DENKE, ES WÄRE BESSER, WENN IHR EUCH RAUSHALTET.
NEIN.
„MIR IST ES INZWISCHEN EGAL, OB ICH DAMIT IN VERBINDUNG GEBRACHT WERDE."
KLIK
„ES IST EINFACH SCHRECKLICH, TEYCHENNE, WENN MAN SEIN KIND ÜBERLEBT. ABER ..."
Oh NEIN.

... NOCH VIEL SCHRECKLICHER IST ES ZU WISSEN ...

"... DASS DIE FAMILIE SEINES MÖRDERS NACH WIE VOR LEBT."
JETZT SITZE ICH ECHT IN DER PATSCHE.

WAS MACHST DU DA?
ÄH, TUT MIR LEID. ICH WAR AUF, UND ...
DIESER MANN, ER IST ...
GANZ RECHT, BOBA FETT. ER IST AILYNS VATER.
JA ... ICH HATTE SCHON BEFÜRCHTET, DASS DU SO ETWAS SAGST.
ER WAR HIER EINE ZEIT LANG PROTEKTOR FÜR TRANSITREISENDE. ABER DANN HAT ER EINEN MANN GETÖTET - WAS SEIN JOB IST -, UND DAFÜR WURDE ER VON CONCORD DAWN VERBANNT.
DU WOLLTEST IHN NICHT BEGLEITEN?
NEIN, WOLLTE ICH NICHT. MEIN EHEMANN HAT MIR NICHT GUT GETAN, UND AILYN AUCH NICHT.

BEEEEEE BEEEEEE
WAS IST DAS?
DIE EINGANGSTÜR. SIE HAT EINEN DRUCKSENSOR.
ES HAT AUFGEHÖRT.
SICHER IST AUF DER STRASSE GERADE JEMAND GEGEN DIE TÜR GEFALLEN. ES WÄRE NICHT DAS ERSTE MAL.
CONCORD DAWN IST KEINE SEHR WEIT ENTWICKELTE WELT. MANCHEN IN DER BEVÖLKERUNG FÄLLT ES SCHWER, SO KOMPLEXE TÄTIGKEITEN WIE DAS GEHEN AUSZUFÜHREN.
SCHON GUT. DU MUSST DIR KEINE SORGEN WEGEN BOBA FETT MACHEN. MEIN EHEMANN IST TOT.
SICHER.
WAS IST LOS? ICH HABE GERÄUSCHE GEHÖRT.
HABT IHR EUCH GEKÜSST?

WAS? NEIN!
AILYN!
VOM KÜSSEN KRIEGT MAN RAUM-WÜRMER. DAS WEISS DOCH JEDER.
WAS SIND DENN RAUM-WÜRMER?
KÜSS WEITER. DANN WIRST DU ES SEHEN.
KOMMT ES OFT VOR, DASS DEIN DRUCKSEN-SOR ZUFÄLLIG ... ZWEI MAL AUS-GELÖST WIRD?
NEIN.
BEEEEE
WIE SICHER IST DIESES VERSTECK?
ALSO, DER ORT HIER IST VÖLLIG SICHER. UND SELBST WENN ER AUFFLIEGT, IST ER SO GUT WIE UNEINNEHMBAR.
SO GUT WIE?
MAN MÜSSTE SCHON SEHR SCHWERES GESCHÜTZ AUFFAH-REN, UM DURCH DIESE FEUERFESTE TÜR ZU KOMMEN.

KOOOM!
RUNTER!
KANG!
AU.

DIE TÜR IST OFFEN, SIR.
GUT, KAPLAN ...
... GEHEN SIE REIN!
HALT!
SIE SOLLTEN DIESE FRAU NICHT UNTERSCHÄTZEN, CAPTAIN KAPLAN.
OPFERN SIE NICHT DAS LEBEN IHRER MÄNNER, INDEM SIE SIE EINE SCHMALE TREPPE HINUNTERSCHICKEN - IN DIE FALLE, DIE SINTAS VEL IHNEN DORT MIT SICHERHEIT GESTELLT HAT. SIE HAT SCHON GENUG LEID ÜBER CONCORD DAWN GEBRACHT.
TEYCHENNE HAT RECHT. DIESE VERBRECHERIN HAT BEREITS EINE UNSCHULDIGE GRUPPE DEVARONIANER BRUTAL ERMORDET.
GRANATEN!

TNK
TNK
SCHNELL!

GUT.
ALSO. BRINGT MIR IHRE LEICHE.
DAS VERSTECK BRENNT NOCH, GOUVERNEUR. SCHICKT DIE MÄNNER SPÄTER REIN. EURE RACHE KANN EINEN AUGENBLICK WARTEN.
ICH ... NATÜRLICH.
GEBEN SIE DIESEN BEFEHL WEITER, CAPTAIN. WIR WERDEN HIER WARTEN, BIS WIR UNBESCHADET EINDRINGEN KÖNNEN.
GOUVERNEUR PURTON ...!

THOOM! THOOM!
KA-THOOM!
NEIN ...
SIR!
WIR HABEN IHN GETÖTET.
SIR. WIR MÜSSEN EUCH IN SICHERHEIT BRINGEN!

DU HAST VERSAGT, TEYCHENNE.
FETT LEBT WOHL NOCH, ABER ICH WERDE DAFÜR SORGEN, DASS ALLES, WAS ER LIEBT, IN DIESEM VERSTECK STIRBT.
ICH KANN IHN MIR NOCH SCHNAPPEN.
IHR DA!
KOMMT MIT.
GOUVERNEUR!

RRRN
RRRNNNN

BDOW!
UNGH!
WAS?!
AAGH!
DA OBEN!
ERLEDIGT IHN!
DOW!
DOW!
DOW!
DOW!
DOW!

UNMÖGLICH, DASS DAS JEMAND ÜBERLEBT HAT.
DAS IST DIE ART VON SPRÜCHEN, DIE MAN VON SICH GIBT, KURZ BEVOR MAN EIN BLASTERLOCH IN DEN SCHÄDEL BEKOMMT.
BEHALTEN SIE IHRE TÖRICHTEN GEDANKEN FÜR SICH UND BLEIBEN SIE WACHSAM.
WIR WOLLEN KEINE ÜBERRASCHUNGEN ERLEBEN.
LOS! RÜSTUNGEN AN!

FETT! LASS DIE WAFFE FALLEN!
HABE ZU TUN.
ICH WEISS, WER DU BIST, TEYCHENNE ...
... DU BIST PURTONS MEISTERSPIONIN.
JA.
DU HAST ALLES ÜBER MICH ***HERAUSGEFUNDEN***. DU HAST IN ERFAHRUNG GEBRACHT, FÜR WEN ICH ETWAS ***EMPFINDE***, UND DIESE MENSCHEN DANN ***ANGEGRIFFEN***.
DU HAST MICH STUDIERT.
FWOOM!

GLAUBST DU, DU WEISST ALLES ÜBER MICH?
JA.
DANN SAG MIR EHRLICH ...
BADOOOOM!
... BIST DU ALLEN ERNSTES DER MEINUNG, DASS DU DIESEN KAMPF *IRGENDWIE* GEWIN-NEN KANNST?

NEIN. GANZ UNMÖGLICH.
WILLST DU HEUTE STERBEN?
NEIN.
DER MANN, FÜR DEN DU ARBEITEST, WIRD HEUTE ABEND **TOT** SEIN. DAS VERSPRECHE ICH DIR. ABER DU BIST SCHLAU UND EINFALLSREICH. DICH ZU TÖTEN WÄRE VERSCHWENDUNG.
DU GEHÖRST JETZT MIR. ICH BESITZE DICH. DU WEISST SO VIEL ÜBER MICH. ICH VERPFLICHTE DICH DAZU, DEIN WISSEN ZU **BESCHÜTZEN**. VERSTANDEN?
VERSTANDEN.
DU ARBEITEST FÜR MICH. DU WIRST BEZAHLT WERDEN. ABER WENN DU MICH HINTERGEHST – ODER ZU FLIEHEN VERSUCHST –, **WERDE** ICH DICH FINDEN.
ICH WEISS.

WIR HABEN ÜBERALL GESUCHT, GOUVERNEUR PURTON. ES GIBT KEINEN HINWEIS AUF IRGENDEINE PERSON. SEID IHR SICHER, DASS HIER ÜBERHAUPT JEMAND WAR?
SIE IST HIER. ES MUSS EINEN GEHEIMEN RAUM GEBEN.
ÜBERPRÜFT DIE WÄNDE, SUCHT DEN BODEN AB ...
KLIK!
WA...!
GOUVERNEUR!

UNFF!
BDOW!
DOW!
ER-SCHIESST SIE!
HÖRT IHR NICHT?
IHR SOLLT SCHIESSEN!

ICH WEISS NICHT, WAS WIR HIER TUN, GOUVERNEUR. ODER WARUM IHR UNS UNBEDINGT TÖTEN WOLLT. ABER WIE ES AUSSIEHT, SEID IHR AUF EUCH ALLEIN GESTELLT.
ALLEIN ...
DU HAST MEINEN SOHN GEKANNT. ER WAR DAS EINZIGE, WAS ICH HATTE.
SEIN NAME WAR LENOVAR.
ER WAR EIN GESETZESHÜTER. ER WAR EIN PROTEKTOR ...
... UND DEIN EHEMANN HAT IHN KALTBLÜTIG ERMORDET.
LOGISCH, DASS IHR FETT TÖTEN WOLLT, ABER WELCHER VERKORKSTE TEIL IN EUCH LÄSST EUCH DENKEN, DASS IHR EUCH NUR DANN BESSER FÜHLT, WENN IHR NOCH SEINE FAMILIE TÖTET?
ICH WOLLTE IHN AUSLÖSCHEN ... ZUSAMMEN MIT ALLEM, WAS ER JEMALS GELIEBT HAT. DU VERSTEHST NICHT, WIE LEER ICH MICH FÜHLE.
UND RACHE IST DAS EINZIGE WAS DIESE LEERE FÜLLT?

ER HAT MEINEN WUNDERVOLLEN SOHN GETÖTET, UND ES IST IHM EGAL. VOR GERICHT KONNTE ER NICHT EINMAL EINEN GRUND NENNEN.
ER HATTE EINEN GRUND. ER HAT IHN NUR FÜR SICH BEHALTEN, UM MICH ZU BESCHÜTZEN.
JA, ICH HABE LENOVAR GEKANNT. WEISST DU, WAS DEIN „WUNDERVOLLER" SOHN MIR ANGETAN HAT?
DU VERLOGENES ...!
BDOW!

BIST DU OKAY?
IHR BEKOMMT GANZ SICHER RAUMWÜRMER.

ES WIRD ZEIT, DASS DU GEHST.
WAS? NEIN! ICH BLEIBE UND ...
NEIN.
ICH HAB DIR DOCH GESAGT, DASS DU MICH AN JEMANDEN ERIN-NERST UND AN DEN MÖCHTE ICH NIE MEHR ERINNERT WERDEN.
SAG DAS BOBA, WENN DU IHN SIEHST.
ES IST VORBEI. DER MANN, DER UNS TÖTEN WOLLTE, IST TOT.
DEINE FAMILIE IST SICHER.
DU HAST MEINE FRAU GEKÜSST.

SIE IST NICHT MEHR DEINE FRAU.
NEIN.
HIER.
WAS IST DAS?
DAS IST PURTONS ZAHN. DU SAMMELST DOCH DIE ZÄHNE VON MONSTERN.
ICH DENKE, ER PASST GUT IN DEINE SAMMLUNG.
HAST DU AILYN GESEHEN?
JA. SIE IST LUSTIG. SIE HAT UNSERE AUGEN.
JA.
ENDE

COVER GALLERY

US-*STAR WARS: BLOOD TIES – BOBA FETT IS DEAD!* #1
CHRIS SCALF

COVER GALLERY

US-*STAR WARS: BLOOD TIES – BOBA FETT IS DEAD!* #2
CHRIS SCALF

COVER GALLERY

US-*STAR WARS: BLOOD TIES – BOBA FETT IS DEAD!* #3

CHRIS SCALF

COVER GALLERY

US-*STAR WARS: BLOOD TIES – BOBA FETT IS DEAD!* #4